见君诗选
YIXIANG

见君——著

山西出版传媒集团 北岳文艺出版社
·太原·

图书在版编目（CIP）数据

异象 / 见君著 . —太原：北岳文艺出版社，2024.3
ISBN 978-7-5378-6828-0

Ⅰ．①异… Ⅱ．①见… Ⅲ．①诗集—中国—当代 Ⅳ．① I227

中国国家版本馆 CIP 数据核字（2024）第 030776 号

异象

见君 / 著

//

出品人
郭文礼

责任编辑
王朝军

书籍设计
张永文

印装监制
郭　勇

出版发行：山西出版传媒集团·北岳文艺出版社
地　址：山西省太原市并州南路 57 号　邮编：030012
电　话：0351-5628696（发行部）　0351-5628688（总编室）
传　真：0351-5628680
经销商：新华书店
印刷装订：山西人民印刷有限责任公司
开　本：850mm×1168mm　1/32
字　数：173 千字
印　张：6.5
版　次：2024 年 3 月第 1 版
印　次：2024 年 3 月山西第 1 次印刷
书　号：ISBN 978-7-5378-6828-0
定　价：48.00 元

本书版权为本社独家所有，未经本社同意不得转载、摘编或复制

自 序

经《隐秘之罪》《无望之望》，而《莫名之妙》而《之后》，"异象"终显。此时的我，终于明了了自己的写作方向，或许这会是一种澄明之途？我更惶恐，怕是之后必将面临更为庞大的困顿和迷惑，然而这又何尝不是一种自我对垒，我只求做那个我对面的气息通畅而内心自明者吧。

异象，基于表象而又核验表象，通过对潜意识内超自然的领悟和把控，质疑合理和"眼见为实"。冠理念于理性，为理性制造麻烦和困扰。基于经验，而又超于经验之外的先验、超验幻象。打开梦的开关，去辨认蝴蝶和庄周，看哪个面目更清。

作为一个诗歌写作者，由于认知和体验的缺失，对感性的先天、知性的判断、理性的系统探究不深，致使在漫长的写作经历里，面对大千世界的纷扰和庞杂，无力把控，只能随心随意，诗歌主旨指向和目标四散漫延。如今回想起来，仍在惴惴不安中。

万物是其所是，是让人类伤透了脑筋的话题。人类自是有一个观看万物的统一模型，所以，即使每个人认知结构各自有别，但看到的还是大致相同。大致相同的是毋庸置疑的表象，正是这样的表象，让芸芸众生浮在生活的平面上，一个个成为自负而又自足的可怜虫。

是的，我读过很多"自给自足"和"自以为是"的诗歌，这些作者，坐在"酒席宴"间、"热炕头"上，丝毫不加遮掩地卖弄着辞藻，数落着自己明确无误的目的和指向，有的自怨自艾，有的卖弄风情，有的沿街兜售，有的板着面孔，有的则是士大夫式的消遣吟咏。他们从不回看历史，疑虑目下，更不会追究世界的本源，担心人类的走向，他们只想自己如何写出"好诗歌"，谋得鲜花、掌声、喝彩和风光无限。其实，沉淀下来的绝不是有性繁殖的"热闹"和"喧哗"，而是永久性遗传的孤独、决绝、理性和清静。

真正的诗人，要明确自己的眼界、关注和担当，这取决于一个人的胸怀、学识、境界和深厚的人生体验。我们不仅可以用眼睛去端详司空见惯，还可以用心思去洞察万物本性，用感觉去捕捉在或不在的幽明，用冥想去幻觉和体验超出经验之外的另一种存在。大而无用的考究和追索是"好诗"做不到的，而恰恰是"真诗"的价值和生命所在。这就好比惠子的"大瓠和樗"必须得拿到庄子的眼中。

譬如康德的主张是人为自然万物立法命名。在对象符合认识还是认识符合对象上，他主张前者。是的，现象并非"自在之物"，眼见并不为实（在），但他还是为道德和信仰留下了地盘，因为人的思考随时都会有越界的可能，如果没有先验幻象以至异象，没有经验之外的超越以至无路可行，固守原有意义，那么意义将变得无足轻重。

诗歌是知识以外的存在，它表达的绝不仅仅是对与错、是与非、好与坏、上与下、高与低、爱与恨、情与仇，它追问的是灵魂、道德、世界、本源以及万物的自在，是未来的不可知，是没有证据的判断，是悖论的幻象成立。困扰和麻烦自不可少，然而，这正是人性的使然、诗歌的使命。

我相信意识的无处不在、感官的无所不能、精神的凌驾统领，本性自足就可以照见五蕴皆空。因此，我试图靠幻象否决表象，扭违一种"习惯"和"日常"，让语言极尽其长、其大、其锐、其能，言不可说，去查究"异象",找到万物的自在和本性。我知道我或许会一无所获,而我谋求的其实就是一个过程。

是为序。

2023 年 11 月 28 日于邯郸

目 录

第一卷　河岸边的空宅

003	咳嗽三声	023	秋迹
004	我的湖	024	那张纸
005	解冻	026	削了皮的苹果
006	晌午，一个陌生人走进我的血管里	027	红蝴蝶
		028	这一夜
007	午夜，你与我无关	029	我死之后
009	三毒	030	结怨
011	异水	031	画鸟
013	河岸边的空宅	032	眼泪
015	梦的通道	033	纸蝴蝶
016	很温柔	034	礼物
017	秋阳	035	砸痛
018	纸条	036	初秋，不经意中的偶尔
019	森林，老死的石头	037	另一个地方
020	背向而行	038	画
021	水上的房子	039	钉钉子
		040	玻璃杯落地

001

第二卷　异想天开

- 043　清明
- 044　死后的空白
- 045　山脚下的记忆
- 046　声音的衍生
- 047　察觉
- 054　黑暗中的事物
- 056　洞
- 058　多出来
- 059　濒死者
- 060　异数
- 061　无
- 062　唱戏
- 063　梁兄
- 064　生病
- 065　体验之夜幕
- 066　金黄色
- 067　嘈杂
- 069　揭底时间
- 070　失眠
- 071　无人说话
- 072　死去可好
- 073　痛的解释
- 074　终点
- 075　神秘的树林
- 076　住进了医院
- 078　初冬·语言的裂痕
- 080　时间之死
- 082　死生之谜
- 084　这是夜
- 085　异象·抽打
- 087　火苗
- 088　连根拔起
- 090　异想天开

第三卷　我是一个不会让世界愉快的人

- 095　剥开
- 097　不许说话
- 099　这天清晨
- 101　时代
- 102　秋之虚幻
- 103　静默所见
- 105　混战之后

107	致敬生命	第四卷	倔强的褶皱
109	大沙漠		
111	睡觉	141	就那里
113	我是一个不会让世界愉快的人	142	睡与醒之间的旧情绪
115	传染死亡	143	恰如其分
116	说到死	144	三月，一些轻
117	做饭	146	春之圆舞
118	沉陷	147	若轻
120	五十年	149	大喊大叫
123	又一次	150	心事重重
125	焦虑	151	需要休息
126	雪落邯郸	152	幸与不幸
128	蒙蔽	153	世界之饿
129	赛事	154	一间屋内
130	定局	155	蓝色的井
131	冬至乃至	156	暮色至夜半
132	胜利	157	鞋故事
133	两个野蛮	159	分离
134	出来吧	160	旧物
136	回忆美好	161	梦想成真
137	就在今晚	162	无解
138	三个阶段	163	融

164	及至	179	2月28日
165	沉郁和骚动	180	倔强的褶皱
167	陈旧后的家什	181	抑或
169	今天高温	187	灭失杂陈
170	饥饿感	189	那是真的
171	紧迫感	191	中秋
172	夜，禁忌	192	在烟台看大海
173	无聊的激情	193	悠闲之处的焦虑
174	皓月当空	194	我们喊你
176	腊八有感	196	自我安慰
177	意念中的生命		
178	新年好		

第一卷　河岸边的空宅

咳嗽三声

咳嗽第一声,
没有蒙尘的声音,
舒缓地穿过空气,
三九的早晨,黎明伸长脖颈。

咳嗽第二声,
阳光照亮人间。
石缝中打盹的种子,
在浏览昨夜的舞宴:
繁花落尽,片片殷红。

咳嗽第三声,
石头般一动不动的情人,
冷漠抒情。
太阳赤裸上身,
双目失明。

本来有很多病,
脱脱穿穿的衣服洗来洗去,
病情就越来越亮,
越明晰,
直到,成为一种风景。

我的湖

到我的湖上来吧。

你是被魔放逐的,
你有红眼睛、蓝眼睛和绿棉袄,
你的金头发,
一直垂到三月的脚。

被吻过的少女,
坐在我的湖边,
左边是黑夜,右边是白天。

到我透明的湖上来吧,
你切开少女的手指,
让水心惊肉跳。

解冻

我听到冰化开的声音。

鱼们笑着,
张开鳃,
张开大大的伤口,
一步步走上岸来。

我看到,
它们相爱的鳞甲站在旷野里,
旷野里有风。

晌午,一个陌生人走进我的血管里

晌午,已不再西行,
滞留在风里洁净地填词;
晌午,诡秘铺排着指纹,
一条条清晰的光线罗列有致。

晌午,画家独自一人,
在画一只没有飞回的鸟。
鸟远远地笑着,灿烂地笑着,
把玩敲门的声音,高高低低。

晌午,有一些些柳絮,
被吹进池塘里,
它们幸福无比,
它们用柔软的手触摸黑眼睛的鱼。

晌午,我惊异于自己的惊异。
一个陌生人,
走进我的血管里。

午夜,你与我无关

午夜,喧嚣沉寂。
遍地精灵喝着秋天的酒,孤独的酒,
在春的指尖静静舞蹈。

盛典过后,将烬的火星,
偶尔照见我伪造的铭文,
寒噤便穿过旷野,
让距离渐远,让你与我无关,
让远方的欲望淹没远方之外乌黑的山。

这一切都是从你的骨缝里疯长出来的,
不寐的人,你沿着救赎之路而来。
你的灵魂那样柔软,
而我的门径前出没野狐,荒无人烟。
在这之前,必定有一个令你沉醉的午夜,
但与我无关。

午夜,施洗者渐渐走远,
你如鱼一般痛哭,如鱼一般干渴,
你的泪水滴在黄铜上,
盛开白菊般的双眼。

你该去平静的地方挖掘自己的无助，
而我站在不寐以外的午夜，
沦陷一种永久的疲惫后，
依然怀抱明月，依然风景无限。

午夜，我只是一个矫情的伪善者，
而你是一条六只翅膀的灵蛇，
你的足迹是你一路上蜕去的皮，
我的乱发是我铺排的与我无关的诺言。

三毒

毒药

你走出来,走出来……
黑星星走出天幕的白。

靠近我的拥抱的,
被你猜测到的致命呓语。
——那节肋骨上的毒药,
空瓶子,依次排开。

依次掰开每个手指的力气,
变异,或许是,霉变足够的悲哀。

毒液

酒在飞,酒在飞,漫天的流星在飞。

触及冷风的裸体,
通红的感应门口,
——像发烧的梦一样。

肌肤洁白的黑夜山，
毒液遍布后，
面对月亮，踮起脚尖。

毒咒

剥开声音，
话语透过来。

木筏子，木筏子，
坚定地顺血液漂流——

怅惘的一小部分，
——划开皮肤的瞬间，
每一个伤口都可以治疗下一个伤口。

异水

一

蓝月亮,双翼透明。
泊在水域的
碎花……
这魂,这魂——

毒誓,总是在异乡毫无节制地生长,
不断地离开,
无限地接近。

二

撩起水声
……
枝蔓般的衣衫,
一点点凌乱,失眠——

你是从哪里来的?
我站在前生,或许后世,

接近迢迢水声——
灵异的雾,
神的恩。

三

流过来,流过来……
这不是你的血,不是。

这是清澈后的迷人,异域的水,
流入我的忏悔的,
是汁液。
从你的诉说中来,沉重的水花,
浪漫迷人。

河岸边的空宅

没有人站在窗内,
窗外,有一片乌云被风吹得疾跑。

前几天,我还在水里,
露出头颅,和那片空宅对视。
隐隐地,有一些东西飘出来,
将我围困、包裹,我变得越来越小。

而变得荒芜的事情,
涂抹了满身的玄色,舞动着,
走进水里,河面便结成了白色的冰,
它们和我的身体,在冰层下拥抱——

青石门槛,锈色铁锁。
门前坐过的那个少妇,多么年轻美妙,
她的孩子躺在屋内,
均匀地呼吸着,睡着了——

一直以来,河水就这么轻快地流着,
少妇偶尔望向远处的目光,
在与河水的交接处,有树叶

慢慢地落下来,一片两片地被流水冲走后,
在远方变老。

河岸边的空宅,这几天晚上
天天唱歌。呆滞的眼神,麻木的表情,
逝去的人排着队从水里走出来。
这时,满天星星都成了月亮开的花,
落下来,在半空与歌声相遇,开始燃烧。

梦的通道

很早以前,就有人告诉我,
梦的通道会出现,
说过的话和做过的事,
都将与我们相见,
并相向而泣,紧紧拥抱。

天空会一点点融化,
太阳掉在河里,
大口大口呛着水,
金黄色的光芒挣扎着,拽住河岸的草。
星星变成人的灵魂,
一个个从岸边走过,
它们喝醉了,跳着舞,
扑打着头顶上飞过的黑鸟。

四季合并后,
梦的通道里挂满了迷惑的脸谱。
我乘着一阵风游移过去,
在通道尽头,
我已经说不出话,
嗓子咕哝着,
丝丝缕缕的声音被自己吞掉。

很温柔

这是风,雌性的风。
纤细的手指,扬起笑着的雪,
凝固整个天空。

白色的天空,
我们走在上面,就像血液在血管里缓缓流动。

苍穹是我们的荒地,
荒地里,长满野生的眼睛,乳房
和令人颤栗的灵。

秋阳

淡淡秋阳下,
白光一闪,
许多哭声便戛然而止。

身着白衣的果实,
安坐在草丛里,
看夕阳缓缓坠去。

置身于,
秋阳停滞不前的哭声里。
那个仰天长叹的人,
骑一匹一无所有的马,渐渐远去。

纸条

今天下午,大白天,
梦见那个替我死掉的人,
闭着眼睛走过来,
交给我一张折叠好的纸条。

打开纸条,天就黑了,
被涂改过无数遍的字迹,
一行行躺在那里,
像一盏盏本就不太亮的油灯,
被黑暗包围后,
又紧紧攥在冬天的手里。

森林,老死的石头

两块即将老死的石头,
躺在通往森林的路上,
翻着白眼睛,
空中迷路的候鸟,成群结队,满面愁容。

森林深处的空地上,
一间黑房子,里面传出
病恹恹女人的歌声。
她的男人在屋外劈柴,声音很响,
利斧上的斑斑血迹,
犹如秋季已经走过的生命。

歌声和劈柴声变成呼救声,
声音开始僵硬。
石头老死,闭上了眼睛,
候鸟们纷纷落在树枝上,
一片片地啄落叶子,直至满树尽净。

背向而行

那场浩劫后,
我们不再相依为命。

我们从桥上离别,
顺着河岸背向而行,
到一个看不见彼此的地方,
诉说不幸。

善良的河水,只有一个方向,
它一刻不停地流着。
藏在水底的苦难,
一点点变小,
一点点变瘦。

水上的房子

一

把房子建在水上,
我每天划船回家,每天

在夜色里,把爱情,
打扮得跟水花,
一模一样。

二

最容易丢的,
是钥匙。
我每天,都换一把锁。

三十年了,
被抛弃的锁,
像星星一样,在天上发亮。

三

我的房子没有窗户,
河水不会流动。

睁着眼睛睡觉的日子里,
我不脱衣裳。

四

你独坐家中,
照着镜子,往鬓角上插花。

你不知道,这时候,
我站在河边,一次又一次地,
俯下身子,捞月亮。

秋迹

趁着天色已晚,秋天,
宽袍大袖,满目疮痍,迟疑着,
悄然而至,
身后跟着漫无目的的群鱼。

众多生锈多年的钉子,
捂着崭新的伤口,
落下来,掉进水里。

而大片大片的黄叶子,
张开翅膀,向天堂飞去。
大地无奈,任凭,
越来越多越来越勤的雨水,
把自己的晚年,托付在它的怀抱里。

寂寥的天空,堆满了,
潮湿的柴火,书简,纸函,情书和你的呓语,
它们拥挤着,徘徊着,无限低迷。

那张纸

一

正面是痛苦,
背面是幸福,
光阴的头下,枕着一张纸。

从纸上跑出来的秘密,
慌不择路,
它们在穿过无数个四季后,
躲进爱与被爱的谎言里。

我们终生犹豫着,
无法自己选择一个死的日子。
我们只能看着,光阴走后,
那张纸变成最初的空白,
然后,被风高高吹起。

二

这是夜半,我被惊醒,

我看到，白天被我撕做两半的纸，
在流血。
被忽略了多年的字迹，一个个，
变成了始终不肯红的花，
它们抚摸着钉在黑暗上的钉子，
悄悄地抹着眼泪。

三

正是午夜，
一张纸，自头顶上飘落。
锈迹斑斑的字词，
像一个个坟包在枯草里无言地诉说。

偶尔有个别字词活过来，
它们打哈欠，揉眼睛，
在我的惊恐中，回忆
自己的不幸和长途漂泊。

而依旧死着的，是危险的，
他们脸上的刀疤横七竖八，
让我想起凶手的样子，想起
那场久远的厮杀，
在日暮时分，突然终结。

削了皮的苹果

你站着发呆,
盯着那只削了皮的苹果,
看它把红色的皮,铺在太阳下晾晒。

有春天经过,有雨落下,
有众多候鸟飞回。
你用削了皮的苹果做诱饵,
把它们一网打尽。

然后,
你把晒干了的苹果皮穿在身上,
走在春天里,四处把鸟声叫卖。

红蝴蝶

已经飞过两只红蝴蝶了,
事不过三,
我决定放下酒瓶,把手心摊向天空。

云端跌落的刀,
在细细品出血的味道后,
挣扎着,掉进春天的河流。

第三只红蝴蝶,
从我的伤口里飞出来,它飞向太阳,
把一路上看到的春色,
贱卖给两块相拥失语的石头。

这一夜

她是我的,她迷了路。
她在漆黑的夜里,站在梯子上,
往天上抛石子。

我节节后退的日子,不断被打中,
日子退到顶端,
被一株泪流满面的向日葵,
挡住了退路。

她是我的,她和别人失恋。
这一夜,她抛完石子后,
手握一束假花,
逢人便问,谁见过她头顶落花的名字,
在哪里露宿。

我死之后

我死之后,
灵魂,走在你的锋刃上,
不断地,被上帝用石头打中。

一部分疼痛,
是在沉睡里享受了一生的爱情。

而另一部分疼痛,
是湖水的波纹,
每一个褶皱里都有一条鱼,
在试图逃生。

结怨

接下来是冬天，
亲爱的，说话太多的风，
在山脚下迷失了方向。
而你是寒冷，
穿着红衣服，戴着白帽子，
在捡拾地上的霜。

我在冬天深处，
亲爱的，你不要乱跑，
也不要在纸上，
画冷阳、画雪花、画彤云
画我的末路。

亲爱的，你要画出那场大雾，
写明在那场雾里，我们结怨很深。

画鸟

你用嘴吹,轻轻地,
画在那块黑布上的小鸟,
便会活过来,
便会飞到无边的春光里。

你老早就知道的,
我就是那个捕鸟人。

就在你画鸟的那个冬天,
在那个山穷水尽的地方,
我们曾不经意地对望一眼,
而后,擦肩而去。

眼泪

一直在岁月里逃亡的,
你生了锈的眼泪,
于河流拐弯处,被一条鱼俘获,
当作了美味。

门虚掩着,屋内漆黑,
那个打鱼人病卧在床,
望着天上的星星出神。

他想起捕获的每一条鱼,
想起其中有一条,
在哭的时候,的确会流泪。

纸蝴蝶

是谁?
在你剪好的,纸蝴蝶的翅膀上,
涂上了他自己咯出的血。

你大睁着眼睛,
看蝴蝶活过来,看蝴蝶飞起来,
一头撞进,
你们相爱的黑夜里。

你们在夜里,
各自手执一把剪刀,
共同将一张白纸剪得面目全非。

礼物

你用几缕黑发捆绑住她的哭声,
并把这作为礼物,
送给第二天的黎明。

黎明起床很早,
黎明拄着拐杖走过来,
黎明背负着你昨夜的拒绝,
在收下礼物后,
用一片落叶,当作回赠。

砸痛

你把那块石头扔出去,
砸痛的,
是月光照在地下的那片白。

你站在黑暗里,
去犯一个错误:
你在泛黄的纸页上找到她的名字,
剪下来,
贴在地下的那片白上。

初秋,不经意中的偶尔

云经过,只剩下天空的澄明。

那么多草的叶子,
散乱在大地上,
它们咳嗽着,自言自语,渐渐变黄。
着了凉的风,
在探看它们的病情后,
写下药方。

你以又一次变老的方式,
不厌其烦地,
重叠自己的不幸。
过去的故事,站在耀眼的阳光下,
集体鼓掌。

秋水长逝,只剩下忧伤的河床。

另一个地方

用火,
在黑暗上烧两个洞,
我们各自穿过它,
就会在另一个地方相遇。

在这个地方,
大雁南飞,
风从高空重重跌下,
秋草幸福地死在白霜的怀抱里。

在这个地方,
成群的黑山羊跑下山岗,
不听话的蝴蝶,
和蜜蜂们厮打在一起。

在这个地方,
我们顺应天意,
各自念着对方的名字,
爬上高坡,
看两个太阳,同时落进山里。

画

沿着我在纸上画的那条线,
突然,你就来了。

你不知道,
我还没有画好房屋,树木,河流和花草,
没有画好蝴蝶,蜜蜂和小鸟。
或许,还会画上
一两个月亮,三四滴雨水,
五六个行人什么的。

你更不知道,
其实,我原本是想,把你画上。

钉钉子

夜里,他点着蜡烛,
在往自己逝去的青春上,
钉钉子。

钉完春天钉夏天,
钉完夏天钉秋天,
钉完秋天钉冬天,
钉到你们相识的地方时,
他听到一声大雁的悲鸣,
他一阵哆嗦,
把自己的手指钉出了血。

这时候天色泛白,
这时候烛光已灭,
这时候,他发现,
他钉下去的每颗钉子,都沾满了他的血。

玻璃杯落地

那只黑色飞鸟,
从第一只玻璃杯落地的响声中飞出来。

我伸手,挨个接住,
第二只,
第三只,
第四只,
将要落地的杯子。

在接第五只时,
我听见你说:
"亲爱的,
我好疼,我流血了,
我踩到了那堆碎玻璃。"

我一走神,
第五只杯子已然落地,
啪的一声脆响,
我看见,顿时,
整个天空被飞鸟占领,黑压压的。

第二卷　异想天开

清明

所有活过来的植物，
都跪下来，在这一天，
它们头顶白花，
挨个约见，
每个死去的灵魂。

流动的时间，
在悄悄收集哀伤的心绪。
很多闪着光的名字，
飞向天空，
去打探白云生病的信息。

那些可疑的雨水，
十分迷人，
它们落下来，砸痛每个人的笑声，
让笑声哭起来，
让哭声坚硬、冷漠、时断时续。

死后的空白

在你的遗照上,
替你签上名字,
再用一张白纸把它盖上,
里面,便传出轻微的叹息声。

所有人面前,
都浮出一片海。
所有人都看见你在海里挣扎着,
呼喊救命。

长明灯长明着,
照着所有人慈善、安详的脸。
虚伪的黑暗,
从窒息中一点点释放出来。

你死以后,
填充你的空白的人,
都在沉睡,
他们呼吸均匀,似死若生。

山脚下的记忆

在你起身离开后,
我看见,
山顶上那块石头,
在使劲摔打着自己,
直到滚落山脚,
直到满身血迹。

山脚下。
日落。
秋风起。
满地流淌着金黄色的疼痛,
我呆立在水边,
任凭一只老虎,从记忆里走出来,
跑进大山里。

声音的衍生

声音,声音,声音——
那些声音,互相纠缠着,追逐着。

抓不住的风,
被石头砸痛的风,
从两个孤高而瘦弱的词语中间,
穿过。

话语,彻底厌烦了
它们自己本身,
它们炙热着,
灼伤所有流行的意念。

远处,走进那片森林的梦游者,
他们用梦的钓钩,
把他们自己,
分别挂在每一棵树上。

察觉

一

空中飞翔的,
尖叫声,
用它投在地上的阴影,
牵坠着自己。

一个老人,在和他的死亡密谈后,
回到房间里,
躺在床上,
等着自己的灵魂。

二

云层低垂着。没有风。
那片森林沮丧着。
森林里传来动物们的打斗声。

路的延伸慢下来,
它们小心翼翼地走着自己。

前方，有夕阳交出的真相——
一片血红。

紧随其后的行路人乱作一团，
他们一边走，
一边通过镜子，
查看自己的行踪。

三

无边的空虚。
细小而猥琐的无奈，
唇边挂着微微的笑。

醉酒者，
把那场盛宴画在纸上，
让寒风高高吹起。

不置一词的沉默，
它的周围，
布满了无奈的、生锈的钢刀。

四

众多的星星，
很努力地把自己伪装成
夜幕的，
意味深长的笑。

黑暗中，
我试图回答你的猜测。
有水淹过来，
有很多言词，它们在水上漂。

没有留住的哭声，
被那根刺带走。
就这样，这个夜晚，
那条河流尽了水，河床内，
有很多影子在跑。

五

深深地，
迷恋于无边的空虚。
黑暗如水，
一盏灯游移而来。

灯光,捕食着
你们的欲望,用来养活自己。

你和她,舒展着四肢,
就像飘在水上的两只空瓶子,
思念着它们各自曾经装过的酒。

六

所有的人都误入歧途,
诱惑他们的,
是光阴假装出来的哭声。

眼睛直视着死亡,
大张着的嘴巴,
周围的词语,险象环生。

所有的道路都翻转身去,
望着自己的尽头。

天空永恒而荒凉。
打败时光的,
是云朵霉变而成的雪,

属于葬礼的雪——
临死之前,那一闪而过的犹豫。

七

这个世界的底部松动了,
我们自己拽住自己,
跟下沉的欲望对峙着。

黑暗用黑暗,
敲击白色的部分。
发出的尖厉的声响,
让一根根白骨变得无比温柔而顺从。

掀开那些意味深长的笑,
一些过了期的时间,
安详地走出来,
让所有的人都有机会,
回光返照。

八

时间之刃上,

引颈自戕的那个日子，
它临终的遗言，
躲进黑夜里，避雨。

白天还在用它的明亮，
围捕着你我死后的
一切如常。
被哀伤欺骗了的人们，
打着着了火的旗帜，
走向无边的水。

黑夜与白天的间隙里，
庞大的机器轰鸣着，
危险的呼号声——
玻璃，碎渣般的沉醉。

九

这时候，
太多歧义的翅膀遮蔽了天空。

地平线上吹来暖风，
——沉默的谣言，
一片片滋长，沉寂的气息。

长生不老的遗言，
依旧年轻着，自言自语。

是时候了，
黑暗中眨着眼睛的河流，
从四面八方，汇集自己。

黑暗中的事物

黑暗里,
所有的盲人,
都在用石块垒积他们的信仰——
那个房屋,
没有门,
没有窗,
屋顶,由星光
拼接而成。

月亮是残疾的,
这个伟大的怀疑者,
它用内心的虚弱,
照着坚硬的黑,
照着无奈的白。

找不到源头的大河,
在蓄谋暴动。
水咒骂着水,
水推搡着水,
水击打着水——
所有的呼吸,

都被泡沫之箭射中。
——死亡,
把自己说出来。

一个低沉的声音,
被火烧痛了。
它把自己,
从大地深处,抢夺了回来。

夜幕,
在静静地看书。
它把自己看进浓重的黑暗里,
又用它看到的真理,
掀起黑暗的一角,
把它翻转过来。

夜空中,
四处游走的理想,
鬓角都插着自己的梦之花。
七彩的梦之花,
它们笑出的声音——
落在大地上的灰白。

洞

哑巴的水,
布满密码的水,
浮满信纸的水——
无边的沉寂。

滚烫的,
高高在上的,
翻转过来的潮汐——
一道刺眼的光,
让未来死于未来。

镜面上的灵魂,
拼命抓着,
自己的影像。

扛着这个世界的饥饿,
词语的火,
一路烧过,
欲望的骨灰。

无数个月亮,

它们的清亮，
受雇于水的迷茫，
照着，
这里的一片黑，
那里的一片黑。

多出来

一个安详的死者,
在芦苇深处,
拨快了世界上
所有的钟表。

我在猜度,
属于自己的多余的
光阴里,
是否会长出青藤,
结出新鲜的水果。

摆放在桌面上的
干瘪的争吵声,
在想着无边的水。

窗外的夜色,
在梳理着自己的头发,
并时不时发出,
咯咯的笑声。

濒死者

那些濒死者,
他们交出
自己一生中每一次自杀的冲动。

荒野深处,
一朵硕大无朋的花,
照看着
数不清的坟茔。

庞大的寂静和安然之上,
所有的青山,
都在用遗忘,
无情地长高着自己。

岁月,
用流水之箭
射中我们的每一次苦难。
那些濒死者,
他们用诅咒,拔掉,
钉在他们灵魂上的钉子。

异数

时间之箭,
准确无误地射中了,
那些挂错了枝头的
果实。

太阳下,
镰刀在齐刷刷地,
收割着春风的异数
——那些花鸽子,
它们没有形体,
只有影子。

一块块地穿越,
那些为大地站岗的玻璃,
阳光的忧伤,
奢侈成,风的哭泣。

无

无根之木,
无木之枝,
无枝之叶,
无叶之花,
无花之果。

你坐在暮夜苍茫的大地上,
吃着果子,喝着酒,
把你跟女人欢爱的黑夜,
一个个找出来,打成重伤。

唱戏

别人都去了西餐厅、咖啡馆、KTV,
都拿着无藤的葫芦,
葫芦里没有心,只有一些
疑疑惑惑,想发芽的籽儿。

而你只会唱戏,唱花旦,
还哭得凄凄惨惨的,
让我在家独守空房,让我
在房间里穿白衣服,挂红灯笼,
为你的剧情暗自垂泪。

梁兄

如果再唱下去,是可以的。

不过,你饰演的梁兄,
会被关在大门外,
还不过,梁兄,你可以往墙上钉钉子,
叮叮当当地忙一夜。

而我,依旧在院内唱十八相送,
唱完了用刀剁碎,撒些盐,
挂在树上,
天亮后,你一抬头就可以看见,
两只蝴蝶,在树上飞得那么轻狂。

生病

白天穿上黑衣服,
一转身,
走出家门。

墙角的两把椅子,
还在窃窃私语。

濒临熄灭的烛光,
不断咳着。

你我的视线,
相遇在一双鞋子的睡眠里。

亲爱的,我们都在生病,
在发烧,
你38度,我39度,
我们不相上下,正好比邻。

体验之夜幕

那个人,
借着月光,蹲下来。
他试图把自己
投在地上的影子,抠下来。

夜幕无边,
每一颗星星都是一个陷阱,
它们眨着眼,
望着大地上的高山,
一座座坍塌下去。

一辆马车,
在夜幕下穿越旷野,
车上载着,
金光闪闪的棺材。

金黄色

金黄色,
敲响自己。
那声音,没有名字,
它打开自己的身体,
藏进水里。

金黄色,
欲望爆裂。
那些四处逃难的疼痛,
在火被点燃的瞬间,
钻进隐忍的光里。

金黄色,
金黄色,
微笑着的冥想,
被锁进天空的咒语里。
镜子挣脱自己的边框,
从空中摔下来,
落进,
种满向日葵的地里。

嘈杂

这个世界的嘈杂声,
把那段
被烫伤的尖叫声与床上的呻吟声
之间的距离,
拉开,
再拉开。

激流冲出来,
深藏不露的时间,
带着匕首,
藏在它的漩涡里。

我们撒下,
用无数次恶念织成的网,
捞取黑暗中
行将消失的那一部分:
——群鱼般的词汇,
闭着眼睛,
毫无目的地漫游。

往水上钉钉子的人,

是一个危险分子。
时间,派出钟表的嘀嗒声,
和他纠缠在一起。

流水尽头,
敞亮、规整、一尘不染的大厅里,
没有开过的汽车,
和万古不变的阳光,
沉睡在一起。

揭底时间

钟表的嘀嗒声,
越来越大,
越来越大,
大到,
所有的时间上
都长满了白发。

年纪大了的水,
都流出时间的视野,
蒸发成了雾。
而我的山,
我们的山,
在以倒置的方式,
迎接,最后那段时间的抵达。

面对我们的无言以对,
忏悔在变形。
红色的字,
在时间的掩护下,
从墓碑上跑下来,
去埋葬一朵刚刚谢世的花。

失眠

被意念,
隐藏了多年的,
那把锈迹斑斑的铁铲,
它追赶着
没有主人的时间,
杀掉从时间里逃出来的黑暗,
抢走黑暗里的黄金。

胜利者眼中,
开出有毒的花朵。
花朵凋零后,
结出的,
是一些百无聊赖的光线,
和全部的,
笑得卷了刃的钢刀。

是的。失眠——
毫无目的的抑郁,
匆忙赶路,
后面跟随着
一望无际的鱼群。

无人说话

子弹射出后,
整齐排列的枪,都选择了
沉默。

天空下,
铺天盖地的白——
一个诊所连着一个诊所。
每个诊所门口,
都有一株生病的草,
扶着世界的前额。

一条鱼,
一条被射中的鱼,
在岸边,
看着水,
以一成不变的姿势,
疯狂地跑着。

死去可好

铅笔。
身份证。
酒瓶子。
印章。
拐棍。
手术刀。

我要带着你们,
去看每个人死后
留下的
奄奄一息的备注。

死去可好?
这午后的宁静,
睡着跟死去一模一样。

你看,每个人都躺在床上,
去梦中,
看大海退潮。

痛的解释

干渴的空酒瓶。
茶杯。
烟灰缸。
隔夜的饭菜。
呆滞的光线。
墙角的破瓦罐。
电视广告。
——它们对昨晚的回忆,还在睡着,
那本无人能够打开的书,
就放在一旁。

你四仰八叉躺在床上,
用自己的强迫症,
关上了通向世界的最后一扇门。

一块自天而降的石头,
奉时光之命,砸在无辜的房顶上。

终点

时间之眼,
流出,红色泪水。

满脸皱纹的夕阳,
微笑着,
看着所有的人。

空空荡荡的房间里,
墙上的钟表,
奋力发出,
愈发清晰的嘀嗒声。

生命的终点——
所有人,依次,
从时间的哭声里,
走出去,
从那面镜子里,
取出各自需要的东西,
然后,
用一块白布,把镜面盖上。

神秘的树林

站在雨地里,
一只胳膊的人,
在研究完自己的掌纹后,
走到那片树林的东南方,
用石头,
堆起自己的坟。

树林里的蝙蝠趁黑夜飞来飞去,
它们吱吱叫着,
呼唤着飞虫的名字。
飞虫们,
默默地飞舞着,
念着经文。

这恐惧和神秘,
这树林,
受了惊吓的叶子,
纷纷藏进树的年轮里。
而每一棵树,
都在忍着疼,
一点点地,
从大地上,拔出自己的根。

住进了医院

一

住进了医院,
我的身体长满了玻璃,
透过它,
能看见彩色的骨头,
凝固的血和
正在唱歌的心脏。

微笑着去死吧,
微笑着,
近在咫尺的死——
医院门口,开满白花的树,
泪水涟涟。

二

住进了医院,
黑头发、白头发和花白头发,
它们聚在一起,

听手术刀,
讲它辛勤工作、任劳任怨的故事。

雪白的床单,
在污血的记忆里,
白得,更加耀眼。

三

我住进了医院,
扛着枪的骨头,
站在病房门口,
警惕着,一滴滴液体进入我的身体。

哦,大夫的眼,
无处不在的眼神,
透过镜片射出的光线——
瘦骨嶙峋。

初冬·语言的裂痕

被篡改了的
言辞,
保持了一贯的沉默。

遍布天空的,
白石头、灰石头、黑石头,
这些石头,
是云的石头。

哑了的音符,
被囚禁在镜子里,
嘴巴,
一开一合。

纸,
哭过以后,
才被写上了字。
有了字的纸,
才被风吹起,
才被烧成灰烬,
死了的字,

在空中,
咯咯咯咯地笑着。

这是初冬,
我从大地的深处,
挖出两块冰,
让一块睡着,
让另一块醒着。

时间之死

钟表，
开始冷落
它自己的滴答声。

一根根白骨，
脱掉陈旧的衣裳，
衣裳的叹息，
一声低似一声。

那些旧的，
被削去了皮的微笑，
咳嗽着，
溺死在水中。

冷漠的火，
冰凉的火，
把射伤往事的箭镞，
烧得通红。

来，一二三，
我们开始一起哭，

对着挂在墙上的照片，
照片上，
无数个黑洞洞的枪口，
在瞄准众生。

死生之谜

一团火，
烧着了，写在那张纸上的
咒语。

冬天，
时光大好。
风，正在向记忆的空白处，
吹去。
那里，
聚集着祭祀用的，
墨绿草根，
大红树皮，
载歌载舞的枯树叶子。

咒语被烧完，
那张纸，
看着自己身上的伤疤，
暗自叹息。

时光开始倒流，
无数条小路，

顺着来的方向，
一条条，
把自己走了回去。

这个冬天。
这个世界。
只剩下，
站着的谜面，
和挂着拐杖的谜底。

这是夜

这是夜,
眼睛的夜。
瞳仁里的黑,
在咯咯地笑着。

那束光
失手打碎了
它自己的灯盏。
光的手,
伸出到笑声之外,
去探视生命中,
每一个想哭的时刻。

这是夜,
年久失修,破败不堪,垂垂老矣的夜。
在微弱的,
光的主持下,
在这个夜里,
笑声和哭声,
握手言和。

异象·抽打

把纷扰一一剥离,
就会露出
黑暗的核,
——头戴假花的秘密。

黑压压的人群,
悄无声息地走来。

当鞭子高高举起,
狠狠地,
抽向偌大的
虚空。
所有人手中的杯子
都应声落地。
杯子里的火苗,
战战兢兢,
洒落一地。

一切都归于安静。

所有的人,

都只剩下
影子。
桌椅板凳，
在悄悄挪动，
在窃窃私语。

火苗

那一团团火苗,
背叛了
它发出的光。

它的光,
就成为黑暗的
揪心的疼。

那一团团火苗,
在光的围困下,
开始出逃。
它们必须在熄灭前,
逃到黎明。

黎明之湖啊!
水漫溢过来
淹死了所有火苗。
自此,湖里的鱼,
看透了水,
开始,
怀疑生命。

连根拔起
——致特朗斯特罗姆

地球,
长出了它的白胡子。

我的想象里,
只剩下遍地的冰凌碴子。
思考如烟,升腾,
向着太阳,
废墟里的太阳,和它理性的光。

欢呼声热烈,高涨,经久不息,
你死去,
你快死去,
你在一点点死去。
冬天的原野,和它白色的花,
铺天盖地。

我等待了千年的消息,
是一口钟,
在一心一意地生着锈。

被敲响的

嘶哑的声音,
从黑暗深处传来,
你将世界上所有的词,
连根拔起。

记忆美好,
沉默坚如磐石。

异想天开
——致策兰

太阳落山时,
太阳着了火。

你看见,
浓烟里跑出老虎和豹子,
金黄色的。
你失声痛哭着,
策兰,策兰,
你站在荒野。

荒野里,
一条路缠着另一条路,
一条河流向另一条河,
一座山望着另一座山,
一棵树和另一棵树,
缠绕在一起。

策兰,你看,
树上,
众多果子,
尖叫着,逃离枝头;

树下，
红蚂蚁的迎亲队伍，
那么庞大，
那么壮观，
那么整齐。

策兰，策兰，
我是你的受害者。

当太阳燃尽光焰，
开始注解黑暗的高贵，
我手持镰刀，
读你的诗，
读一把思想的利刃，
在粗糙的灵魂上，
打磨着，
生命的震颤和离奇。

第三卷　我是一个不会让世界愉快的人

剥开

我们在剥,
用天空之手。

剥开光,
露出黑暗的核,
黑暗的核里,人影绰绰。

剥开鲜嫩,
露出陈旧的枯干,
陈旧的枯干,张口结舌。

剥开花朵,
露出结果的欲望,
欲望之鱼,
在相濡以沫。

剥开叹息,
露出你说过的话,
真实的意思早已死去,只留下
声音的躯壳。

剥开梦境,
露出灵魂的无奈,
两只手,
向天空高高张着。

哦!
这天清晨,
天上在下雨。
许多人生下许多孩子,
孩子的哭声,
透着,
无边的喜气。

不许说话

晴朗天空下,
你手持着自己的灯,
没有点亮的灯,
大声说话。

我用镜子里流出的水,
洗干净自己的脸,
听你说明白无误的话,
听你说无比正确的话。

我的凄苦和痛楚,
或正襟危坐,
或笑靥如花。
你冒犯着被规定好的
语气和声音,
说违心的话,
说大家都听不明白的话。

晴朗的天空下,
有许多
美丽的聋子,

美丽的瞎子,
美丽的哑巴。

这天清晨

这天清晨,
从天上落下的雨,
砸在地上,
它们高呼着,庆祝胜利,
庆祝自己,
成为水的赝品。

这天清晨,
许多人列队,急急匆匆,
向生命相反的方向前进。
他们走出的队形,
好似地下,
树的,
弯弯曲曲的根。

这天清晨,
风把骨头,还给大地,
把祖传的颂歌,
唱给云听。
风,
等着天花乱坠,

等着五彩缤纷。

这天清晨,
许多人生下许多孩子。
孩子哇哇的哭声,
多么喜人。

时代

那些箭镞,
它们被射出后,
是如此的哀伤。
它们忠诚于弓,
而弓,
却背叛了它们。

一只被射伤的
袖珍老虎,
被关在娇小玲珑的笼子里。
笼子里,
被丢进去的硬币,
孤独无助,暗自伤神。

天真的冷了,
那些躺在地上的书,
无法翻开自己。
来吧,
我们喂它吃药,
我们,给它盖好棉被。

秋之虚幻

花白头发的天空,
大红的盖头,
肥胖的野菊花。
端坐在船上的树,
那桥,
特别瘦。

盈盈的美好,
舒缓的音乐,
漂亮的白斑点。
水边的房屋内,
一只火柴棒在寻找着
自己的燃点。

冷天空,
枯枝丫,
默然的河流。
突然,花喜鹊就打开翅膀,
张口说话。

静默所见

祖先,
活着的祖先,
你们拿着自己的灵位牌,
向黑暗深处,
快步地跑。

天上的星星,
一片哗然,
月亮,在大喊大叫。

藏在世界底部的,
各式各样的鞋子,
在寻找,
属于它们自己的脚。

一切都在碎掉,
那些沉默已久的乐器,
开始发出声音:
我不知道,
我不知道,
我们都不知道。

斜插入天空的,
是用铁丝串着的过往日子。
疑惑的脸上,
长着两弯沧桑的眉毛。

混战之后

一场混战终了,
落日余晖,
以胜利者的姿态,
微笑着,
打量着被捆绑在天空中的黄金。

大地上架起很多油锅,
火苗穿着新衣服,
火苗在跳舞,
在舔舐着太阳落山后,
留在大地上的伤疤。

油锅里的油,
饥渴难耐,
它们流着汗,喘着粗气,
想象着黑暗深处,
最原始的娇艳、鲜嫩,富有激情。

远处,
漂亮的团雾,
高贵的悬崖,

一声不响的地平线。
我们泪流满面地
跪在那里,
我们说不出话。

致敬生命

天空中,
倒置的石头房,
坐落在三岔路口。

房屋窗户里,
垂下
暮气低沉的,
探向明天的绳索。

数不清的,
初生婴儿,
他们顺着绳索,
被卸下来。
他们的黑眼睛,
他们的圆耳朵,
他们的噘嘴巴,
他们来回扭动着四肢,
胖乎乎的,煞是可爱。

向生命致敬的纸钱,
长满了

灰色的嫩芽。
美丽的红,
我们新鲜的血,
流出来,四处徘徊。

大沙漠

紫红色的大沙漠,
傍晚时分,
渺茫,
迷蒙,
没有边沿,景象迷人。

这是每个人临死时的境况,
我走在沙漠里,
这里,
到处都是,
时间之根。

我养大的
白鱼,
小月牙一般的白鱼,
在这里,
游来游去。
它们,每一条,
都在试图,
从这一幅画,跳到那一幅画中。

在远方,
沙漠尽头,
一群人,高举着斧头,
向我祝福。
我认识并熟悉,
他们每一个人。

睡觉

我们在睡觉,
去了远方的时间,又折回来,
低眉顺眼地,
向黑暗道歉。
作为回应,
黑暗,强迫我们在睡梦中,
发出
饥饿的尖叫。

我们在睡觉,
那些硬币,
依照由大到小的次序,
从墙上的画里,
掉下来,
摔到大理石地板上,
发出清脆的声响。

这是夜半,
我们在睡觉。
我们在为黑暗
睡觉。

万象之下,
摆满了书本、课桌,
烤白薯、红鸡蛋和热面包。

我是一个不会让世界愉快的人

我是一个不会让世界愉快的人。
我放下笔,
天开始下雪,
我开始藏起,
细微的苟且。

这个年代,
我们学会了让步。
雪花,
从文字的牢笼里
溜出来,
它们褪去白色的皮,
跳入水中,
寻找冰的存在。

刑满释放的树,
在枯叶的呼唤声中,
步履蹒跚地,
向冬天深处走着。

我们生命中,

有无数个断裂处。
裂痕相视而笑着，
薄薄的、脆脆的笑声，
让每一个灵魂，
都在深藏不露的意义里，
仰天长叹，
迷惑不解。

传染死亡

那不是活着,
只是没有死掉。

戴着,
绝望的高帽子。
死亡,
是一种会传染的病。

一阵寒风穿过房间,
烛光摇曳着,
你站起身来,
又一次看到,
半夜被饿醒的上帝,
在四处寻找吃食。

月光透过窗户,
照进来。
光亮处,
一条美丽的虫子,
正在,爬着。

说到死

她又活过来,
她微笑着,嘴角流着血。

她告诉我,
不要害怕死,
要死就趁年轻,
死,在那边,特别美好。

这时候,
纸上的文字,
纷纷回头张望。
这时候,
我看见,
整个世界,
大睁着恐惧的眼睛,
蜷缩在一个死角。

这时候,
一团正在洗澡的
火焰,
变成了烟,
在往高处飘。

做饭

一扇门找到
另一扇门。

两扇门,
在偷窥,
客厅里的生日宴会。

西红柿遇见红萝卜,
它们悄悄说话。
中间隔着刀,

火上有锅,
锅里有水,
水沸腾着,
嘲笑案板上的那块肉,
那么少。

我静坐着喝茶,
世界,在慢慢变小。

沉陷

你摸索着,
确认着,
用中指、无名指和小拇指。
五个手指头,
只剩下三个。

太阳依旧在门口站岗,
左边一个,
右边一个。
淡黄色的,
温度适中,
不冷不热。

街上的行人熙熙攘攘,
他们道貌岸然,
信念坚定地,
向终点走着。

这个属于经验的世界,
天空上爬满了
密密麻麻的蚂蚁,

它们惊骇地望着,

正在沉陷的大地,

它们勤劳、善良、有秩序、守规则。

五十年

一

长着青苔的石头,
堆满没有太阳的天空。

残废了的光线,
泡出的酒,
开始结冰,开始固化。

我一脸沧桑,两鬓斑白,
望着悬在半空的
巨大钟表,
它的滴答声,
瘦成,
两根相依为命的拐杖,
躺在病床上,
不说话。

我让自己的身子,
向后倾,向后倾,
去抓住,

灵魂的干咳声——
对峙着的,
一个厌倦和另一个厌倦。

二

打开门,
听见黑暗中的祈祷声。

呼吸均匀,
脉搏跳动有力。
流逝的时间里,
一把成功的剪刀,
过着极为平凡的,裁剪生活。

叹息声传来,
声音的形状:
一袋有想法的大米里,
爬出众多长生不老的,胖虫子。

酷热难耐的夏季,
如海人潮中,
汗流浃背的蝴蝶,
高举起双翅,敲着太阳的门。

五十年,
一堆黑暗中蠕动着,
熠熠发光的心境。
它们爬向窗台,
望着天空,
云端,一场盛大的投降仪式,
正在举办着。

又一次

我们又一次出发,
皱纹堆积,一脸严肃,
这黑黢黢的夜。

星星笑着,
指给我们看,
从月亮手中掉落的纸,
上面记着,
我们每个人喝过的酒,
一次,又一次,
现在还醉着。

盘山而上的车,
一辆接着一辆,
每一辆都气愤地轰鸣着——
数落着我们犯下的错,
一次,又一次,
没有对过。

山顶上的灯,
万盏齐明。

前来放生的我们,
排着队,
又一次把手中的鱼,
向天空抛去。
看哪,那些向往天空的鱼,
在欢快地游着。

焦虑

我一直,
在一个逼仄阴暗的厨房里,
紧张地摆弄着,
各种餐具。

每天用菜刀,
认识着,
土豆、白菜、胡萝卜、酱瓜,
我叫它们名字,
它们应声,
它们鼓掌,
然后,我手起刀落。

楼顶上,
有飞机缓慢掠过。
透过狭小的窗户,
我看到楼下的斜街。
一辆试图穿过的大卡车,
卡在那里。

雪落邯郸

哦,落雪了。
天空的白牙齿,
甜的云;
天空的,
犯了错的十字架,
纠结,抑郁。

落雪了。
蒙面的白天,
燃烧的黑蜡烛——
最初的鲜嫩,耀眼的幼稚,
都已污浊不堪。
法外开恩吧,
雪,有罪的和无罪的,
混杂在了一起。

雪落邯郸。
入夜,
醉月亮,在天上滋事。
地上的人,
走出家门,

戴着白头巾，
穿着，
笑吟吟的黑袍子。

蒙蔽

妈妈,
在教上帝,敲她那个
黑色铜锣。

教堂里传出
打铁的声音:叮邦,叮邦,叮邦。
一头猪,
悄悄溜出来,
若无其事地走在大街上。

已多年不曾睡觉的人,
红眼睛里,
长出的七彩之花,摇曳多姿。

赛事

旷野。枯草,高举着黄花,
照着天空的
大镜子。

外地赶来的果实,
用它的核,
敲开湖水的门。

远处,
一场长跑赛事即将结束,
领跑者,正在往一片阴影里跑着。

定局

光,用它的手,
打开所有灯盏。

跳动的火焰,
被围困在铁笼子里。

灵魂的野虫子,
在一块白布上静静休息。

缺席死亡的气球,
在高空爆裂。

远航的船,
载它的水在冷冷地笑。

一切都已定局,
一切都于事无补,
你牵着我的手,
从幕后走向前台,
把我交给了灯。

冬至乃至
——写给父亲

瘦石头,
在一棵棵地拔掉,
山上的草。

水,
身上长满了
孔洞,
它在一滴滴漏掉自己。

徒留叹息的
风,
在召集
干瘪的云和沙漠,
商量,
雨过天晴后,
把彩虹挂在哪里。

父亲,
躺在病床上,
在用一把扇子,
把镜面上的灰尘,
一一扇去。

胜利

悲恸的大旗,
插在了光的骨头上。

河水决堤了,
刑满释放的波纹,
微笑着,
在往岸上涌。

一棵棵,
身缚巨石的大树,
艰难地走过来。

蜕掉了心之皮,
人们,
热切地站在,
寒风中。

两个野蛮

假黑暗之夜。
舒缓的乐音里,
一个嫩芽长出来,
带着她的嘴。

我们原本会更好的。
一双精巧的手,
在抚慰,一只斑斓猛虎
内心的柔。

两个野蛮。
一个在装死,
一个在装睡。

出来吧

出来吧,
我已经在你挖好的
洞口边上,
铺上了旧报纸,
摆上了意象画,
种上了带刺的野蜡梅。

出来吧,
墙角的青苔,
在闭目养神。
靠在墙边的女人,
在数她心里的花瓣,
一片片,
都很美。

出来吧,
带着你的诗,你的茶,
你的寻人启事和
酒的心脏。
夕阳下,
柔弱的光线,

还在醉着。

出来吧,
我已经看到了你手指上画的
那个闹钟,
它只走晚上的时间,
它白天歇着。
欺骗虽无处不在,
但远方有火,它激动得流泪。

出来吧,
那个小乞丐,
他手中的纸币,
只会沉默。
受人雇用的购房者,
在明亮的大厅里,
木讷地坐着。

回忆美好
——写给老房子

蜜蜂嗡嗡着,
一本书里,淌出蜜,
神的头发上,
长满了漂亮的野草。

旧轮胎躺在河边,
看两只羊,
正在恋爱。
它们都长着,粉色的毛。

河面上,几只年老的船,
追忆着桨。
水里跃出,
笑弯了眉的鱼,
它们,只是笑,只是笑。

就在今晚

金子的酒,
圆滚滚的,
饱满,丰盈。

真的真实,
假的美丽,
就在今晚,
它们手持斧头花,萍水相逢。

就在今晚,
趁着月色,
分开发际线,
睡在你身边。
瘦钢琴,
弹出轻微的鼾声。

是的,就在今晚,
我们喝酒,
醉的是眼睛。

三个阶段
——写给尼采

话已说尽,
一个粗糙的声音,持矛而来。
打开窗,
看见满天星斗,
各持乐器,演奏着
莫名、焦躁和劫难。
哦,它们还有酒,
它们在喝酒。

黑暗吞噬着凶险,
卖花姑娘,
拿着花一样的盾牌。
桌子上,
饭菜简约,器皿精致,
我们围坐着,
道貌岸然,彬彬有礼。

再说就是多余,
破烂不堪的黎明,
一个疯子,打开家门,
门前斜放着,
一架金光闪闪的天梯。

第四卷　倔强的褶皱

就那里
——再致尼采

就那里,
向日葵生病的地方,
放着测谎仪、诊断书和
一本正经的思索,
还有刚刚收获的蒺藜,
零零散散的。

就在那里,
从那里挖,往深处挖,
挖出来的,
是冰块的欢声笑语,
鱼,扶好眼镜,
正襟危坐。

而你却无动于衷,
你按捺住心中的愤怒,
仔细检查着,
属于人类的
每一点污浊、不堪和愚蠢。
直至听到,
教堂的钟声,无聊地响起。

睡与醒之间的旧情绪

我们不睡觉,
等着一只受伤的黑匣子,
来登门拜访,
它打开自己,
露出旧报纸。

睡觉的人,
在梦中鼓掌,
掌声,让他们的情绪,
幻化成,
你穿过多年的破大衣。

越来越重的夜色里,
一辆老式货车开过来,
仿佛多年前的一次失约,
又被提起。

恰如其分

所有的好,
都瘦骨嶙峋。

月光,是那种
狠狠的白。

萤火虫在飞,
所有的人,都恰好
忘记了自己是谁。

一个静悄悄的
庞然大物,
哼着
睡眠不足的歌。

一座高耸的烟囱,
孤零零站在旷野。
夜色,
恰如其分地,黑。

三月,一些轻

是谁?
在演奏着,
活着的乐曲。
三月,我们悠然
走在救赎之路上,
见一个路口,
鞠一次躬。

三月,
缓缓流出的血,
在稀释
生命的密度。
云朵,她在异乡,
不讲道义,
也没有原则,
她是飘在天空的
大地之轻。

三月,
结尾处,
胖蜜蜂死于非命,

一朵黄菊花,
仰着脸,望向天空。

春之圆舞

火的黑头发,
披散在春天
额头。

情窦初开的季节,
花和叶之间
愉快地,
生病。

弯弯曲曲的安慰语,
顺着树根,
扎下去,
暖暖的,
罪孽深重。

飞起来的水,
来吧,来我身体里居住吧,
我刀枪剑戟的
丛林里,
妙趣横生。

若轻

忽隐忽现的
时间之烟。
有风,躲在墙角哭。
灰尘,
伤心出走。

钟表的眼,
笑意盈盈。
两条皱纹,躺在水面上
闲聊着,
未置可否。

你轻微的坏,
显了形,
有人用淡盐水,
轻轻擦拭着,
它的低低啜泣声。

时光宝石,
黑宝石,
它在一幅万年古画里,

一身布衣，
自静从容。

几只轮椅，
空空的，在原地打转。
夜静春深，
医院里，
灵魂，
凝视着高耸的烟囱。

大喊大叫

被大地，
揪住不放的树，
它的大喊大叫，
从未停声。

山间，
那个小屋，
屋顶上，攀来爬去的
时间之蛇——
我最年轻的伤，
百花齐放，面对春风。

盘山路上，
顺势而上的救护车，
仿佛一个个
装着梦呓的
漂流瓶。

山顶上，
多如树叶的纠葛，
被抛入，
醉酒的天空。

心事重重

你抱着,
一块心神不安的
石头。
站在大地的背面。

我用凋谢后的蜡梅,
换了一盆红枫,
小小红枫,
放在明净窗台上,
你的期许,
被它猜中。

我的
勇敢词语,
在回家路上,
遇到你精美的手指。
你蓝色的对襟袄,
所有纽扣,
都心事重重。

需要休息

终于不再等待。

椅子们,
离开桌子,
奔向一场舞会。

所有舞者,
在一曲终了后,
都大汗淋漓,
四处张望着,
寻找座位。

音乐停下来,
灯光暗下来。

多么奇怪,
一只巨大无比的
充电器,
在舞厅中央,伤心流泪。

幸与不幸

犯了错误的嘴,
在天上,
被关禁闭。

而树根的歌词,
通过风,
唱向天空。

蒙面云,
搀扶着瞎子雨,
寻找回家的路。

我们缄默不语,
我们去收集阴影,
我们穿上用阴影做的衣服,
能躲避世上所有不幸。

世界之饿

那套精美的餐具,
站在高处,
看着全世界的
食物和水。

阳光饿了,
以黑暗为食。
门内,
不安分的花衣服,和
世界的腿毛,
在互诉衷情。

窗户,
是高楼的伤疤。
大地弓着腰,
面对来来往往的车辆,
咳个不停。

一间屋内

灯光,
无法照到的地方,
白药片发出尖叫。

半盏冷茶,
面对正在煮沸的水,
昏昏欲睡。

一切都归于安静,
屋里,挂满风干的鱼,
大张着嘴。

蓝色的井

蓝色的井。
你去那里打水。
你的脸上,长满了花蕊。

一颗黑纽扣,
从衣服上掉下来。
这个夏天,
刚刚要说话,
突然又闭住了嘴。

两条小路,
互相埋怨着对方,
一直到,岔口。
这里有许多,
不发光的萤火虫,
满脸堆笑,四处乱飞。

蓝色的井,
井边堆满了,
要求过高的水桶,
个个都,一脸憔悴。

暮色至夜半

夕阳、皱纹和脱落的牙,
在山顶道别。
巨大的虚寂,对峙着
水的汹涌。

玄鸟挣脱暮色的围困,
带着白纸,
心慌慌,无处飞。

残月的烦心事,
比星星还多,
它召集所有
有想法的石头,
集中开会。

夜至过半。
那些走了几千年路的
陶罐,
拄着拐杖,
一边打喷嚏,一边打瞌睡。

鞋故事

一只,
苦闷的鞋,
爱喝酒的鞋。

喜欢穿在你的右脚上,
看着你走路,
一拐,一瘸。

纯黑的,
它曾拥有两双
彩虹袜子,
和另一只,
绣着苹果花的左脚鞋。

时间的
跑步机,
开始喜欢上
老花镜。

鞋,溜进了陈列馆,
面对里面收藏的

千年古道,
陷入长久沉默。

分离

削尖了的
疼,
被租了出去。

一根银针,
戳中你红艳艳的,
干涩的
冷战栗。

酒,
逃出酒杯。
遇见,
河水的长胡子。

谁与谁在
背靠背?
僵硬的情感,
只会说,不行,不许。

旧物

哈欠连天的水。
记忆之刀,
杀过生的刀,
浮在水面,沉沉入睡。

旧太阳,
放弃了光,
放弃了,
你额头上的讲坛、困顿和伤。

一张弓,
在天上,
绷紧了所有人青春的哆嗦。

一条流浪鱼
老了,
它被装进信封里,
寄给谁?

梦想成真

水边,
一只花猫,
正在将一串钥匙,
藏进草丛。

我心里
暗暗想到的
那朵花,
正在被一只
鬼鬼祟祟的蝴蝶
猥亵,而后偷走。

而你,
一个人,
推开水做的门,
找到那把
死不反悔的锁,
有罪的锁。
它被打开后,
终于,你梦想成真。

无解

所有死结
都在你生命的禁忌里,
喝着,
时间之酒。

黑丝线,
在浅吟低唱。

一只光洁修长的手,
摆弄着,
大家长长的笑声。

流言蜚语,
终究找到了机缘,
敲响了
光天化日的钟。

融

一串
动了心念的词语，
向暴烈的
炎热，
敞开了胸怀。

干干净净的血，
在乐声最激越时
睡去。
她梦见往日之伤，
坐拥入怀。

墙角，
青苔上，
背阴处，
一面热情的鼓，
目睹这一切后，
再也，
无法激动起来。

及至
——写给自己生日

天真到极致的,
是压在哑默之上的
花瓣化石。

这个世界同意,
把我制作的
梦模具,
分发给每一个人,
包括你在内。

歌声在大地上,
脱去外衣,
露出
瘦骨嶙峋的音节。

火炉旁,
一首赞美诗,
半瓶酒,
我的下半生,
还有,用祈祷换来的
游戏币,数枚。

沉郁和骚动

结结巴巴的针,
它的尖,
在定位,
肥皂泡绽放时的
激情。

令人沉沦的歌,
怀孕,
生下,
满世界被火烧过的
石头。

一片森林,
一棵不结果的树,
它红着脸,
弯下腰,
向藏在暗处的危险,
鞠躬。

一条来自黑夜深处的
荒径。
野孩子,

他们走出来,
只剩下,
一场没有胜败的战争。

陈旧后的家什

一条瞎眼的鱼,
在鱼缸里发呆。
这时黄昏,
有人在厨房磨刀。

一把钳子,
躺在桌上,
它梦见自己怀孕,
梦见被它剪断的铁丝,
发着高烧。

墙角的野青苔,
正在滋生罪恶的念头,
鸟在窗外,
急切地叫。

旧床单,
受尽屈辱,
它想起棉花姑娘,
白色的笑。

书房里,
缓缓爬出,
一条犹豫不定的蛇,
它望着那盏
心怀坦荡的灯,
心中,满是哀伤。

今天高温

头脑里的疯魔——
一辆破马车,
正疯狂冲向这个世界。

一棵树饿了,
在偷吃自己的果子。
蝉的叫声,
让绿色寂静,
长出了迷人的
耳朵。

街巷,曲折成
梦之骨。

斜坡微笑着,
心坎上的泥泞小路,
直接通向
瘦骨嶙峋的天堂。

终于,
人们,用自己犯下的错误,
原谅了生活。

饥饿感

内心的饥饿感,
忍耐极限处,
卧着一只猛虎,
还有一只汤匙,在悠然晃动。

红灯笼,
随疾风飘向远方。

无助的鞋子,
被困在泥泞中。

一辆辆汽车靠在路边。
司机们,
各自为对方拿着,
输液的吊瓶。

紧迫感

追赶那些正在远离我们的
幻觉,
我在窗口,
竖起一面白旗,

房屋破败得很快,
它沉睡在
亘古之上。
一颗跳动心脏,
梦之星,
不断涌起。

河水在决堤,
解脱了的太阳,
远走高飞。

我吃着一碗热腾腾的面,
钟表的摆,
摆成一副无赖的样子。

夜，禁忌

黑色纸飞机，
一头扎进，
他最深的梦魇里。

头戴红花的徘徊犹豫，
猝不及防的纤纤玉指，
滚烫的心之水里，
煮着
孤独的禁忌。

空中爆裂的烟花，
——光的结石。

无聊的激情

一点点弥漫开来,
柔顺的,
静默。

笔直的黑夜。
黑灯光。
怀孕的眼睛。

惊呼声中,
慌不择路,
逃出,
满脸羞愧的,
浆果,
拽着一朵花的浆果。

我看见,
一群蚂蚁,
来到,
今年的初冬,
坐着它们的小火车。

皓月当空

我身体里,
有空荡荡的大厅,
有蓝色花瓣,
正落下来。
一把生锈的铁锁,
静躺在一只空碗中。

我身体里,
两只蟋蟀,
停止了争斗。
皱纹里传出叫声,
落寞,张开一道裂缝。

我身体里,
乡间小路的尽头,
遍地黄土。
一声轻笑,
越过悲情的头顶。

皓月当空。
漫漫长夜的帽子,

被缓缓长风,
吹落在漫无边际的尘埃中。

腊八有感

冰做的礼盒里,
枯草的遗言,
冻得瑟瑟发抖。

那抹晚霞,
所有梳妆打扮她的
词语,
都泡在盐水中。

沉水的船,
着火的桥。
远方传来,
妥协后的咳嗽声。

意念中的生命

时间,
一时瘦了下来。

那辆车的
轮子,
在你头脑中,
跑得飞快。

你的戒备心:
小铲子,
小得不能再小的小铲子,
它衣服上的纽扣,
被风,
吹落下来。

根植大地的,
所有生长,
都订立了攻守同盟。

一根闪光的刺,
正在扎进
一个叹词的身体中。

新年好

新年好。
大耳朵的,红公鸡。
挂在墙上的,
画里的鱼。

新年好。
四门大开,
瘦春联,
发了福的毛笔字。

新年好。
苦白天,甜黑夜。
老院落,
依然如故的,
雪后初霁。

新年好。
真蜡梅,假灯笼。
虚胖的回忆里,
一颗幼芽,
在发出它卑微的气息。

2月28日

你回来时,
二月,最后的那个日子,
折转身,
它的眼镜,
掉进了雪地里。

把气息放缓,
所有花苞都在暗生情愫。
每个人,
他们小小的私心,
都若有若无,
都不甚清晰。

你回来后,
向火,索取烟,
烟雾四散后,
那个日子,转身离开,
只留下空中的麻雀,
飞来飞去。

倔强的褶皱

转身，
转身，
转身。
一连串拐弯后，
你站在这个世界
高度近视的眼镜上，
双手捧着，
疯了的魂。

破洞的位置，
依旧不变。
穿过它的灰尘，
衣着光鲜，提着篮子，
去上坟。

天空下沉，
是众生倾诉的结果，
与你倔强的褶皱，
毫无瓜葛。
只是，
你脸上的那块黑青，
愈发沉稳。

抑或

一

时光深渊里,
被绑架的昨天,
大声呼救。

几条进入暮年的蛇,
在深渊里,
徐徐爬行。

你坐在餐桌旁,
手拿一串,
微微出汗的钥匙。
桌上放着,
刚刚摊好,
还热乎乎的煎饼。

二

只有今生,

抑或,
手持反光镜的来世。

神仙的灰袍子,
挂在半空。
被一再审核后,
尖刺,
坐在路边板凳上。

小奶狗欢快地跑着,
前方,
一片桃树林的骨架,
满地桃核,
发出持续不断的笑声。

三

酒店招牌,
被麻脸风吹得颤颤巍巍。

你走得越来越快。
一只老式钟表,
伸出头来,喝了口水,
一直冲锋陷阵的秒针,

开始畏首畏尾。

一支不被收留的箭,
走在黎明的大街上。
街两边的油灯,
有的在哭,
有的在睡。

被上天退回来的肥笔头,
在画扁太阳。
没有痛苦的人,
在自己的梦境里,
端起酒杯。

四

太阳在变成血色,
我们不约而同地,
停止了,
对那个杀人案的讨论。

口供纸,
在瑟瑟发抖,
它跳下桌面,

缩在墙角,
一边呕吐一边呻吟。

城市拐角处,
两个秘密接头的人,
在闲聊,
童年趣事。

西天边的火烧云,
里面硕大肥胖的秘密,
不可告人。

五

炉火的光,
在束紧自己的腰带。

乐海深处,
浮出,
美妙而又恰如其分的头痛。

一头头壮实的小兽,
它们的白蹄子,
踏过天空。

粉色的指甲一字排开，
上面画的金鱼，
每一个都栩栩如生。

吃不饱肚子的
疑惑和犹豫，
走着夜路，打着灯笼。

六

年轻英俊的甲壳虫们，
在空白纸页上，
排着队。

桌上一对花瓶，
翻着白眼。
插花，在自我陶醉。

坐在椅子上的虚影，
拿着一支巨大的笔，
在书写祝福。

窗外，

攀爬在铁丝网上的凌霄花,
笑得合不拢嘴。

七

四十八岁那年,
我躲在黑屋里,
时而转动锁孔里的钥匙,
时而擦拭一面镜子,
时而蹲下来,
抱起那个纸糊的假太阳。

你坐在院子里,
和一块冰谈话,
直到它全部融化,
也没说清,生活之手上的那颗黑痣,
长的什么样子。

四十八岁后,
河水,打起伞,开始文静。
我的想法在原处,
端着搪瓷大碗,听钟声。
你笑着,蹲下来,
把属于每个年段的各式标牌,
归拢在一起。

灭失杂陈

我吃完半个馒头，
那只花喜鹊又飞到窗前，
它依然古怪笑着。它说，
就在昨天，那条红金鱼喝醉了，
跳脱衣舞，
门前的河水变得又清又浅。

大半缸腌萝卜，
在阳光的直射下，冒着热气。
院内一片空旷，
一只病猫走过来，
它舔了舔那片水洼，
咒语，从水里跳了出来。

皂角树高大粗壮，
树干上爬满古老的虫子，
它们一动不动，仿佛伤疤。
所有树叶都思虑重重，
那些蓝色飞鸟，
就像所有人美丽的头疼，
周而复始，一直盘旋。

立秋后,暑气在逐步消散,
我把玩着那块
劣迹斑斑的石头,出门闲耍。
一辆崭新的汽车跑过来,
车身上画着,
开得正旺的油菜花。

那是真的

十有八九,那是真的。

羊群披红戴花,
走在迎亲的路上。
有蝙蝠飞过,
一头牛的尾巴,
悠闲地甩着。

山坡上,
一群鹿在静静吃草。
黄菊花在打坐。
石头围坐一圈,
它们上面贴着的
反对票,
在秋风里疑疑惑惑。

那真是真的。
面对荒野的包抄,
面对不断开合的无形之门,
众生,
摇摆着自己的身躯,

不知所以地，
在黑夜和白昼之间来回穿梭着。

中秋

被铁丝穿成串,
挂在酒店门口的月饼,
变得更加魔怔。

难过的秋风几经辗转,
依然愁眉紧锁。
它身上的灰大衣,
是它唯一收获。

爬满红蚂蚁的
柳树枝头,
月亮,浑身发痒。
中秋,
被麻醉后,依旧野蛮的花朵,
被一只金丝鸟猎获。

在烟台看大海

蔚蓝。一望无际。
每一种生命的可能性,
都浮在海面上,汹涌着,和海际线,
点头示意。

海之大厅里,有无数只眼,
在窥视着人类的思考。
一只社会之鱼,
摆动着它巨大的身躯。
意义的油灯,
偶尔迷醉了一下,
接着,头疼不已。

高空下,指代虚幻的词,
从四面聚集。
五光十色的面孔,
在飘渺的迷境里。
涛声轰鸣:
无法窥及全貌的,巨大粉碎机。

悠闲之处的焦虑

挂着铃铛的
火焰,
在烟雾缭绕的十字路口,
小心翼翼地,
喝茶水。

一群牛,
挣开缰绳,
好似我多年前平静的
预判,
从原点,向四面八方奔走。

空中,
不明方向的飞机,
满载着抑郁、药香
和苦菜花的清愁。

下了一个假期的秋雨,
国庆节,
我沾沾自喜的小心思:
葵花籽、花生米,
半斤烈酒。

我们喊你
——记九九重阳节

当铜锣响起,
我们喊你回来。
当我们纵情饮酒,
我们喊你。

有福了,
这些酒,
被撒在镶着花边的镜子上。
镜子里,
一个醉眼迷离,
扶着另一个醉眼迷离。

铜锣,
它发的声音,
吻着你生活中带刺的词汇。
花喜鹊,
张开翅膀,变成天空中
飘扬的彩旗。

我们喊你,
你白发苍苍,面色红润,

你的福啊:

根根细线,穿进针眼里。

你一路走来,

走进了,

系着红头绳的钟表里。

自我安慰
——父亲去世后的第一个父亲节

瘦火焰,
在你生命的留白处,
和我的疼痛,
纠缠在一起。

卖蜂蜜的超市里,
空无一人。
成群的蜜蜂飞出来,
驾云而去。

芦花鸡排队喝水,
咕咕的叫声,
轻轻磨着
生活的皮。

夕阳下,
那只金黄色的小号,
它吹出的音调,
有皱纹,有粗糙,有慢,
还有,
无可奈何的笑意。